www.tredition.de

AF197590

Helmut Goedicke

Mein Leben mit Hunden

www.tredition.de

© 2020 Helmut Goedicke

Verlag und Druck: tredition GmbH, Halenreie 40-44, 22359 Hamburg

ISBN
Paperback: 978-3-347-08694-4

„Der Hund ist das einzige Wesen auf Erden, das dich mehr liebt, als sich selbst."

Josh Billings

„Ein Leben ohne Mops ist möglich aber sinnlos"

Loriot

Anmerkung des Autors:

Beide waren Humoristen…

Inhalt

Eine notwendige Vorbemerkung

Nach reiflicher Überlegung habe ich mich dazu entschlossen, dich, liebe Leserin, lieber Leser, mit „du" anzusprechen, aber glaube mir eines: Ich habe mir dieser Entscheidung nicht leicht gemacht, denn ich mag es gar nicht, wenn mich wildfremde Menschen, ob nun von Angesicht zu Angesicht, per E-Mail oder auf ihren Web-Sites duzen, so, als ob sie mich schon lange und richtig gut kennen. Ich möchte dir meine Entscheidung auch begründen: Du erfährst in meinem Büchlein so viele persönliche Dinge von mir, die ich keinesfalls einem fremden Menschen anvertrauen möchte. Darüber zu schreiben fällt mir wesentlich leichter, wenn ich das Gefühl habe, dass wir uns bereits gut kennen. Immerhin hast du ja schon einen großen Schritt auf mich zugemacht, obwohl du dir ganz bestimmt vor dem Erwerb dieses Büchleins, herzlichen Dank übrigens, das Bild von mir auf der Rückseite angesehen hast.

Ich hoffe sehr, du bist mit meiner einseitig getroffenen Entscheidung, dich zu duzen, einverstanden. Vielen Dank dafür! Leider müssen wir an dieser Stelle auf weitere Gepflogenheiten, die mit der Entscheidung zweier Menschen, sich künftig zu duzen üblich sind, verzichten. Dafür hoffe ich ersatzweise, dass dir meine Geschichten gefallen.

Damit du dir von meinem „Hundeleben" von vornherein keine falschen Vorstellungen machst, muss ich zwei Erklärungen abgeben, selbst auf die Gefahr hin, dass du mein, also jetzt ja dein Büchlein sofort und ungelesen weglegst. Sei versichert: Das verstünde ich sogar, fände es aber sehr schade, hast du doch immerhin einige Euro ausgegeben, und ich war schließlich von Anfang an ehrlich zu dir und habe ja auch einiges an Zeit und Geld in dieses Büchlein investiert. Es wäre in meinem Leben allerdings nicht das erste oder einzige Mal, dass ich etwas gemacht habe, das keinen interessiert. Doch will ich jetzt nicht auf meine langjährige Tätigkeit als Lehrer eingehen, sonst legst du das Büchlein vermutlich sofort weit weg, oder schenkst es vielleicht jemandem, den du überhaupt nicht leiden kannst.

1. Erklärung

Ich habe noch nie einen Hund besessen, und wenn mein Leben weiterhin meinen Vorstellungen entsprechend verläuft, werde ich auch in Zukunft keinen Hund besitzen. Du darfst daraus jetzt nicht schließen, ich hätte etwas gegen Hunde, ich wäre gar ein „Hundehasser" und wäre vielleicht sogar glücklich, wenn es überhaupt keine

Hunde gäbe. Weit gefehlt! Es gibt Hunde, die ich richtig mag, die auch schon aussehen wie Hunde und denen man sofort ansieht, dass sie die treuesten Freunde des Menschen sind. Ich weiß doch, dass Hunde wegen ihrer spezifischen Anlagen und aufgrund speziellen Trainings zahlreiche Aufgaben in unserer modernen Gesellschaft übernehmen. Zehn Einsatzbereiche fallen mir dabei spontan ein. Nicht zu vernachlässigen ist darüber hinaus der Hund in seiner Funktion als Lebensgefährte, als Begleiter ohne besondere Aufgaben, als Partner gegen Einsamkeit und als tägliche Verpflichtung, aufzustehen zu müssen.

2. Erklärung

Ja, ich habe Angst vor Hunden. Warum sollte ich das nicht zugeben, immerhin weiß es sowieso „die ganze Welt", seit einer meiner Brüder, damals noch Revier-tierpfleger im Zoologischen Garten Berlin, es im Verlaufe eines Interviews mit einer großen Tageszeitung, vermutlich völlig ohne Notwendigkeit, ausgeplaudert hat. Interviewfrage an den Tierpfleger: „Herr Goedicke, sie betreuen ja mittlerweile sogar zwei Reviere, die Felsentiere und die Rinder. Welches der beiden Reviere macht ihnen denn am meisten Spaß?" Darauf er: „Wissen sie eigentlich, dass mein Bruder richtig große Angst vor Hunden hat?"

Denke jetzt nicht, dass ich darüber sauer bin. Absolut nicht! Mich kennt doch sowieso kaum jemand. Es wäre schon etwas ganz anderes, wenn mein Bruder der Zeitung darüber hinaus ein Foto von mir zur Verfügung gestellt hätte. Aber auch das hätte seine Vorteile für mich gehabt. Auf den vielen tausend Trainingsrunden, die ich im Tiergarten gedreht habe, hätten dann möglicherweise die Hundebesitzer ihren Hund sofort angeleint, wenn sie mich erspäht hätten. Zugegeben: Hätte, hätte, Fahrradkette; daran glaube ich, ehrlich gesagt, selbst nicht.

Nochmal zurück zur Erklärung 2. Diese Wahrheit, dass ich Angst vor Hunden habe, hat, wie die allermeisten Wahrheiten, viele Geschwister. Diese „Angst" ist eine, ich will es mal so sagen, eine „Vorsichts-Angst". Ich erkenne in den meisten Fällen schon von weitem, ob mir möglicherweise Gefahr droht. Alleine an der Art und Weise, wie der Hund neben seinem Herrchen herläuft, kann ich erkennen, um was für „eine Kategorie Pärchen" es sich handelt und ändere dann gegebenenfalls sofort meine Laufstrecke. Stelle ich fest, dass ich dem Hund und vor allem seinem Herrchen vertrauen kann, setze ich meinen Weg wie geplant fort. Dabei muss ich dir gegenüber ehrlicherweise zugeben, dass ein Rest Angst im Sinne von Unsicherheit in mir vorhanden bleibt, wenn ich den beiden näherkomme und schließlich an beiden vorbeilaufe. Soweit meine Erklärungen.

Wie vereinbart sich nun dieses Eingeständnis, nie einen Hund gehabt zu haben, mit dem Titel und vor allem mit dem Titelbild des Büchleins? Einen Augenblick! Das erfährst du in meiner ersten Geschichte.

Die Prägung

1947, der Zweite Weltkrieg war also vorbei. Ich war fünf Jahre alt. Mein Vater war in französischer Gefangenschaft, meine Mutter lebte nach der Evakuierung aus Trier ins hessische Hofgeismar jetzt mit meinem älteren Bruder bei ihrer Tante im französisch verwalteten Saarland. Um ihr die täglichen Sorgen für ihre derzeit drei Kinder ein wenig zu mildern, wohnte meine Schwester zunächst bei den Eltern unseres Vaters und ich lebte bei Oma, Onkel und Tante mütterlicherseits in einem bunkerähnlichen Gebäude am Herzogenriedpark in Mannheim, gemeinsam mit meinem Cousin Dieter. Und einem Hund. Es war nicht mein Hund. Er hatte bestimmt auch einen Namen, an den ich mich jedoch nicht mehr erinnere. Hätte ich ihn damals öfter mal gerufen, wäre mir sein Name vermutlich im Gedächtnis geblieben. Du siehst: Wir hatten wenig miteinander zu tun. Wenn ich mir heute das Foto ansehe, stelle ich fest: Es war doch ein Hund, wie man sich als kleiner Junge einen Hund nur wünschen kann, gerade in einer Zeit, in der Spielsachen absolute Mangelware waren. Warum die „Chemie" zwischen uns, sagen wir künftig der Einfachheit halber zwischen „Waldi" und mir nicht stimmte, kann ich heute nur vermuten.

Dass ich bei meiner lieben Oma in Mannheim hungern musste, halte ich für völlig ausgeschlossen. Es gab aber einen Vorfall, der mir in Erinnerung geblieben ist.

Dieter und ich waren alleine zu Hause. Mit Waldi. Mein lieber Cousin war vermutlich beauftragt worden, mit Waldi „Gassi zu gehen". Er war immerhin einige Jahre älter als ich, und konnte deshalb diese Verantwortung im Gegensatz zu mir eher übernehmen. So beurteile ich das jedenfalls heute. Irgendwann, sahen wir, dass Waldi einen Haufen hinterlassen hatte. Heute weiß ich, dass man den Haufen auch wegmachen kann. Damals habe ich mich einfach an Dieters Vorschlag gehalten. „Mach einfach was drüber!" ´Etwas drüber machen ist eine gute Idee´, muss ich wohl gedacht haben. Aber was? Ich suchte in den Schränken etwas Geeignetes, den Haufen abzudecken und muss auf die bescheuerte

Idee gekommen sein, Haferflocken drüber zu streuen.

Der Rest dieser Geschichte ist schnell erzählt. Oma kam nach Hause und stellte das doppelte Malheur fest, den Haufen und die sinnlose Verschwendung eines so wichtigen Lebensmittels. Ich bin nicht erst seit heute ganz auf ihrer Seite und sage voller Überzeugung: ´Oma, du hast mich zu recht sofort ins Bett geschickt, und es war auch richtig, dass ich an dem Tag nichts mehr zu essen bekam´. Aber damals fand ich es mit Sicherheit total ungerecht. Der Haufen war nicht von mir und die Idee, ihn zu bedecken, ebenfalls nicht. Aus dieser Ungerechtigkeit kann im Verhältnis von mir zu Dieter und zu Waldi und damit zu Hunden allgemein etwas übriggeblieben sein, das möglicherweise bis heute nachwirkt. Dieter habe ich, nachdem meine Mutter ihre

Mutter und mich zu sich ins Saarland geholt hat, nicht mehr gesehen.

Nun muss ich dir unbedingt noch erzählen, wie es zu diesem einmaligen Foto von Waldi und mir gekommen ist, denn das hat mich hinsichtlich meiner Einstellung zu Hunden wesentlich mehr beeinflusst als die Haferflockengeschichte. Um dabei nichts Falsches zu schildern, halte ich mich bei meiner Erzählung exakt an die Erinnerungsbruchstücke, die mir über die vielen Jahre im Gedächtnis geblieben sind.

Möglicherweise hatte jemand von uns Geburtstag. Es ist nicht ausgeschlossen, dass es sogar mein eigener war, warum sollte mein Onkel denn sonst ein Foto von mir machen? Dafür bedanke ich mich bei Onkel Nikla - von Nikolaus -, den ich übrigens trotz der Geschichte um das Foto sehr gern hatte, postum sehr herzlich.

In meinem ersten Berufsleben, als Fotograf, gab es auch Situationen, die nur mit Engelsgeduld gemeistert werden konnten, und zwar auf beiden Seiten. Es ist tatsächlich nicht einfach, sein Gesicht in drei oder vier große Scheinwerfer zu halten, dabei nicht nur locker zu bleiben, sondern im richtigen Moment ein spontan aussehendes Lächeln zustande zu bringen. Selbst wenn das nach einigen Versuchen alles gelungen ist und der Fotograf dieses Mal „im richtigen Moment" den Auslöser betätigt hat, waren die Augen manchmal halb zu oder halb auf. Aber das ist ja dann auch egal. Den Fehler sah man oft erst, wenn das Negativ entwickelt war. Dann musste die Aufnahme an einem der nächsten Tage wiederholt werden. Das war für beide Seiten nicht angenehm.

Und da sind wir schon bei dem Foto von Waldi und mir. Dabei weiß ich gar nicht, ob es für Waldi genau so unangenehm war wie für mich. Zu vermuten ist es, denn er ist mir immer wieder aus den Armen gesprungen, oder sagen wir lieber, ich habe ihn bereitwillig fallen lassen, wenn er gestrampelt hat. Diese Gekrabbele in meinen Armen war mir sehr unangenehm, deshalb ließ ich ihn immer wieder los. Onkel Nikla muss mir mit sehr viel Geduld Waldi immer wieder in die Arme gelegt haben, um dann den Apparat zu nehmen und uns zu fotografieren. Irgendwann fing ich an zu weinen und verweigerte mich schließlich total. An einem Foto eines verheulten Jungen mit einem Hund in den Armen hatte Onkel Nikla kein Interesse. Nach einer Beruhigungsphase wurde es dann doch wieder ernst. Sehr ernst sogar. Zur Beruhigung (oder zur Strafe für mein bockiges Verhalten) wurde ich nun in den schuppenartigen Anbau gesteckt und durfte erst wieder raus, nachdem ich meinen Bock überwunden hatte. Ich weiß nur noch, dass ich „jetzt rauskommen darf", damit das Foto gemacht werden konnte. Mehr weiß ich nicht mehr, habe offenbar alles Weitere verdrängt, aber wie du siehst, gibt es dieses Foto von mir mit Waldi. Seitdem habe ich nie mehr einen Hund auf dem Arm gehabt. Das Foto und der Titel dieses Büchleins zeigen übrigens exemplarisch, dass man weder Fotos noch Überschriften etwas glauben darf.

Fassss!

Seitdem sind gut zwei, vielleicht sogar drei Jahre vergangen. Ich wohnte längst mit meinen drei Geschwistern, wir drei hatten noch ein Brüderchen bekommen, und meinen Eltern in der kleinen Stadt Wadgassen im Saarland. Wir drei älteren Kinder gingen hier gemeinsam in die zweiklassige Volksschule, die für uns Protestanten im

Gebäude der Katholischen Volksschule untergebracht war. Vielleicht hing es damit zusammen, dass wir als Nichtkatholiken doch nicht richtig dazu gehörten. Jedenfalls will ich eines Tages von der Hauptstraße in unsere Straße einbiegen, bin sogar schon auf einer der drei Stufen, mit der „unsere" Gartenstraße begann, als einer der Halbstarken, die links und rechts neben den Treppenstufen auf einer Stange saßen, „Fass!" rief. Bevor ich auch nur ahnte, was gemeint war, sprang ein Schäferhund, den ich vorher gar nicht gesehen hatte, auf, stürzte laut bellend auf mich zu und biss mir in meine rechte Pobacke. Ob der Hund wegen eines erneuten Kommandos wieder von mir abgelassen hat, weiß ich nicht. Vielleicht habe ich auch so laut geschrien, dass er davon abgehauen ist. Ich bin jedenfalls so schnell und so laut ich konnte nach Hause gerannt. Meine

Mutter hatte mich ja schon von weitem gehört und empfing mich am Treppenaufgang. Sie merkte sofort, dass ich dieses Mal tatsächlich einen echten Grund zum Brüllen hatte. Als ich wieder reden konnte, erzählte ich ihr, was mir passiert war und ohne auch nur einen Augenblick zu zögern, packte sie mich am Arm und zerrte mich in Richtung „Tatort". Als wir um die Ecke bogen, die Gartenstraße macht zur Hauptstraße hin einen Bogen von 90 Grad, sahen wir, dass die Jungs sich inzwischen davon gemacht hatten. Ich war nur widerstrebend mitgegangen und sehr froh, dass alle weg waren. Was hätte das sonst noch für eine Geschichte werden können…. Vor allem hatte ich nicht die geringste Lust, dem Hund nochmal zu begegnen.

Wir gingen jetzt jedoch nicht gleich nach Hause, sondern erst zum Arzt. Der sah sich das Malheur an. Das war damals übrigens das erste Mal, dass ich bewusst vor einem Fremden die Hose runterlassen musste, was erst 13 Jahre später bei der Musterung zum Wehrdienst eine noch peinlichere Fortsetzung fand. Es hat scheußlich gebrannt, als er Zeug auf die Wunde gemacht hat, dagegen war die Spritze, die ich anschließend bekam, ein „Kinderspiel". Sein Kommentar: „Sooo, das war's schon...", kam aus meiner Sicht wenigsten eine Woche zu früh, denn Gehen und vor allem Sitzen bereitete mir noch einige Zeit Probleme. An Fußballspielen mit meinen Freunden war in dieser Zeit überhaupt nicht zu denken. Das war das Allerschlimmste.

Seitdem, und das gilt bis heute, ich hoffe übrigens, es gilt noch eine ganze Weile, bin ich wachsam. Über die folgenden Jahre habe ich meine Technik zur Aufspürung von Hunden so verfeinert, dass der Begriff des Scannens aus der IT-Branche dieser

Fähigkeit am nächsten kommt. Ich kann sogar an der Art und Weise, wie sich ein Mensch bewegt erkennen, ob ein Hund in der Nähe ist oder nicht. Aber ehrlich gesagt: Immer half mir das leider auch nicht. Wenn ich von einer meiner Trainingsrunden im Tiergarten zurückgekommen bin und erzählt habe, was für eine Hundegeschichte mir heute widerfahren ist, sagt meine liebe Frau aus tiefster Überzeugung: „Das ist nur, weil du Angst vor Hunden hast. Das riechen die!" Ich weiß, dass Hunde einen überragenden Geruchsinn haben, möchte aber bezweifeln, dass sie nur deshalb auf mich losgehen, weil sie meinen Angstschweiß riechen, auch wenn ich (noch) gar keinen hatte. Frage: Hatten denn die „Herrchen" auch Angstschweiß, der die eigenen Hunde zum Angriff und zu Beißattacken auf den Rudelführer veranlassten? Das glaubst du doch auch nicht, oder?

Fiffi

Die folgenden Jahre, das fällt mir beim Schreiben dieser Zeilen auf, waren arm in Bezug auf Hundeerlebnisse. Jetzt war ich fast 14 Jahre alt und musste eine mein Leben bestimmende Entscheidung treffen; Welchen Beruf will ich ergreifen? Mein Vater hatte nach meiner strikten Weigerung, eine Lehre in einem Fischgeschäft anzufangen (ja, da habe ich mich mal etwas getraut), eine Lehrstelle zum Fotografen in Saarbrücken ausfindig gemacht. Fotograf zu werden stand, wenn ich eine Wunschliste gehabt hätte, nur ganz knapp über Fischverkäufer. Warum? Als ich in der 4. Klasse war, wurden wir von einem Schulfotografen besucht. Er war stark gehbehindert, vermutlich hat er nur mit viel Glück den Weltkrieg überlebt, und humpelte zigmal mit Hilfe seiner Krücke zwischen Kamera und uns hin und her. Jedes Mal kroch er wieder unter das schwarze Tuch über seiner Kamera und jedes Mal hatte er erneut etwas an uns auszusetzen, kam dann wieder mühsam angehumpelt, korrigierte unsere Aufstellung und wurde dabei zusehends unfreundlicher. Es dauerte nun auch nicht mehr lange, bis er seinen hochroten Kopf aus dem schwarzen Tuch herausstreckte und mit dem Krückstock in der linken Hand herumfuchtelnd brüllte: „Jetzt reicht´s! Bleibt gefälligst so stehen, wie ich euch hingestellt habe!"

Das war für mich das „Berufsbild" des Fotografen, und daran erinnerte ich mich immer wieder, während die Fahrt nach Saarbrücken näher rückte. Ich war tatsächlich der Meinung, Fotografen seien verkrüppelt und war ganz überrascht, als ich feststellte, sowohl mein künftiger Meister als auch sein Vater, der Seniorchef, waren ganz normal gewachsen und bewegten sich auch völlig normal.

Hier begann ich wenige Wochen später meine Lehre zum Fotografen und lernte dabei zwangsläufig auch Fiffi, den Hund des Hauses kennen. Nach so vielen Jahren kann ich getrost sagen: Er lernte mich kennen. Fiffi war, glaube ich jedenfalls, ein Drahthaar-Foxterrier, mit kurzem, lockigem grau-weißem Fell und hatte ein sehr unangenehm hell-spitzes Bellen.

Die Sprüche „Lehrjahre sind keine Herrenjahre" und „Es ist noch kein Meister vom Himmel gefallen", kannte ich bereits, was sie bedeuten, habe ich in den folgenden Jahren gelernt. Ein Spruch des Seniorchefs kam noch hinzu, vor allem, wenn ich mal wieder einen Termin nicht geschafft hatte oder ganz allgemein mit meiner Arbeit im Rückstand war: „Helmut, das ist alles nur eine Sache der Einteilung!" Da sagte er mir gewiss nichts Neues. Wenn ich statt in der Dunkelkammer meine Arbeit nachzugehen, mit Fiffi auf die Wiese an der Trierer Straße gehen muss, ist die Einteilung falsch. Das habe ich ihm einmal gesagt. Vielleicht habe ich vor lauter Verzweiflung über die Machtlosigkeit, meiner Verantwortung gerecht werden zu können, einen falschen Ton gewählt. Seine Antwort jedenfalls, wenn ich so etwas nochmal sage, brauche ich morgen nicht mehr zu kommen, ließ mich künftig vieles, zu vieles hinnehmen.

Also ging ich statt Filme zu bearbeiten oder Vergrößerungen anzufertigen mit Fiffi an der Leine auf die besagte Wiese. Hier gab es viel Platz zum Auslauf. Mitten in der Wiese ragten auf bizarre Art und Weise die Trümmer eines gesprengten Bunkers aus dem Boden. Da konnte Fiffi zeigen was er kann und was er noch lernen musste. Zum Glück kam niemand auf die Idee, mir zu folgen um zu sehen, was ich mit Fiffi mache, und wie ich mit ihm umgehe. Ich raste mit ihm immer wieder minutenlang über die Wiese um den gesprengten Bunker herum und herum und wieder herum, genügend Ausdauer hatte ich ja und Fiffi sollte doch seinen Auslauf bekommen. Den hat er gekriegt! Er oder war es etwa eine Sie?, das weiß ich gar nicht. Fiffi musste selbstverständlich auch klettern lernen, und über die Zwischenräume zwischen den Steinblöcken springen. Die Leine und ich halfen ihm dabei, wenn es mal etwas schwieriger wurde. Wenn wir dann eine halbe Stunde später zurück waren, konnten wir mit Fug und Recht behaupten: Wir beide haben uns so richtig ausgetobt. Und was die „Einteilung" betrifft, auf die mein Seniorchef so große Stücke hielt: Ich musste abends oft, sehr oft, den Bus um 19:45 nehmen und war dann genau eine Stunde später zu Hause als sonst. Fiffi sei Dank!

Natürlich war für mich Fiffi schuld an diesen Überstunden, die mir übrigens kein Mensch bezahlt hat und die außerdem dafür gesorgt haben, dass ich oft erst später zum Training kam. Das kam oft vor und ich konnte nichts dagegen machen. Du bist bestimmt anderer Meinung, was aus heutiger Sicht auch verständlich ist. Aber damals, als Lehrlinge noch geschlagen und sogar getreten wurden.... Ich habe es am eigenen Leib erfahren, da hättest auch du dir zweimal überlegt, ob du widersprichst und ob du dich weigerst, Tätigkeiten, die nicht zur Ausbildung gehören, auszuführen, zumal es in der damaligen Zeit fast schon ein Privileg war, eine Lehrstelle zu haben. Trotzdem habe ich oft im Bus gesessen und gedacht, es wäre gar nicht schlecht, wenn er jetzt gegen den Baum fährt oder von der Straße abkommt. Geeignete Bäume und Kurven gab es ja genug.

Für diese Gesamtsituation und für meine bescheuerten Gedanken gebe ich Fiffi keine Schuld. Ganz bestimmt nicht. Er hatte aber seinen Anteil daran. Seit einem nächtlichen Einbruch in die Geschäftsräume und dem Diebstahl von Kameras und Geld, hat Fiffi als Wachhund, grell und durchdringend bellen konnte er ja, in Atelier, Dunkelkammer und Tageslichtraum die Nächte verbracht. Meine erste Tätigkeit bestand seitdem darin, zu gucken, wo eventuell Kothaufen liegen und diese dann zu beseitigen. Eine unangenehme Aufgabe, von der nichts in meinem Lehrvertrag stand. Manchmal fand ich einen im Atelier, das war sehr einfach. In der Dunkelkammer unter den Gerätschaften, in den Ecken, musste ich schon genauer gucken oder ich fand nichts, was sich erst nach ein paar Tagen durch den Geruch herausstellte.

Jetzt noch etwas zum Staunen! Ganz offensichtlich mochte Fiffi mich, trotz oder vielleicht gerade, weil wir diese gemeinsamen Aktionen auf der Wiese hatten. Mein Plan, ihn durch die Manöver um und über den Bunker dazu zu bringen, dass er sich irgendwann und zwar endgültig weigert, mit mir „Gassi zu gehen", ist wohl nach hinten losgegangen. Wenn ich während der Mittagspause im Tageslichtraum saß und meine mitgebrachten Brote aß, kam er oft an, legte sich neben meine Füße und sah mich ab und zu an, als ob er sagen wollte: ´Los, komm, lass uns auf die Wiese gehen und rumtoben´.

Berlin

Hier lebe ich seit fast 60 Jahren. Und mit mir leben hier, ich beziehe mich der Einfachheit halber auf die seit 1989 vereinte Stadt, über 100 000 Hunde. Gefühlt bin ich 10 000 von ihnen auch schon begegnet, und zum Glück war nicht jede Begegnung eine Begebenheit. Meine freizeitsportlichen Betätigungen haben mich in vielen Gegenden der Stadt Erfahrungen mit Hunden machen lassen. Dabei konnte ich generell feststellen, dass Begebenheiten mit Hunden im Tiergarten, also mitten in der Stadt, wesentlich häufiger und unangenehmer waren als im Grunewald. Die Frage, warum das so ist, lieferte bestimmt viele Antworten. Hat sich mit diesem Phänomen überhaupt schon jemand beschäftigt? Ich glaube nicht. Es gibt wahrlich auch wichtigere Frage-stellungen in unserer Gesellschaft. Das räume ich gerne ein, und mache mir deshalb meine eigenen Gedanken. Diese beginnen bereits bei der Frage der Hundehaltung in der Großstadt. Ohne auch nur ansatzweise wissenschaftlichen Ansprüchen genügen zu können und auch zu wollen, erlaube ich mir die folgenden Gedanken dazu.

Es gibt zweifellos die große Gruppe von Menschen, die versuchen, in diese Stein- und Autowüste für sich und das eigene Wohlbefinden ein wenig Natur zu bringen. Das sind dann auch diejenigen, die ihren Hund, zeitlich aufwändig, in einem Hunde-auslaufgebiet frei laufenlassen und dort auch frei laufenlassen dürfen. Das ist ein großes Glück für den Hund und ein we-sentlicher Aspekt, wenn es darum geht, den besten Freund des Menschen „artge-recht zu halten". Dafür muss man sich als Hundebesitzer aber viel Zeit nehmen, die man umgekehrt auch haben muss, wenn man sich einen Hund anschafft.

Dann gibt es die vermutlich noch größere Gruppe von Hundefreunden, die diese, oben erwähnte Möglichkeit nicht oder nur selten haben. Sie brauchen und lieben ihren Hund und umgekehrt. Sie führen ihren Hund an der Leine und beseitigen auch den Kot ihres Lieblings.

Ob die Haltung eines Vierbeiners in einer Mietwohnung artgerecht ist, kann ich nicht beurteilen. Dazu müsste ich mich in die Seele eines dieser Hunde hineinzuversetzen können. Von einer bestimmten Größe des Tieres und vor allem von einer bestimmten Anzahl der gehaltenen Tiere an, habe ich aber meine Zweifel. Ist es artgerecht, wenn ein Hund viermal täglich und dann nochmal spät abends angeleint 'seinen Auslauf' hat, immer an denselben Bäumen vorbei und immer um dieselben Ecken? Würde er sich seines Daseins mehr erfreuen, wenn er so richtig frei und in viel besserer Luft ohne Asphalt unter den Pfoten herumtollen könnte. Ich vermute es jedenfalls. Eigentlich eine ganz wesentliche Frage für Hundebesitzer und vor allen für die Hunde selbst.

Den Hunden dieser Gruppe von Hundebesitzern bin ich oft genug im Tiergarten begegnet. Selbstverständlich muss „der Hund" auch mal an die frische Luft und man selbst auch. Da lässt sich der gemeinsame Auslauf im Tiergarten zeitsparend einrichten. Ab ins Auto, parken in der Straße des 17. Juni, aussteigen und rein ins Vergnügen. Der Hund, euphorisch über die lange entbehrte Möglichkeit zu stöbern und zu schnüffeln, streicht nicht selten durchs Unterholz, jagt hinter aufgestöberten Kaninchen her und nicht selten auch hinter joggenden und ambitionierten Läufern. Dabei besteht im Tiergarten Leinenpflicht für Hunde! Das interessiert diese Hundehalter nicht. Kommt es dann zu einer „Begebenheit" fallen von beiden Seiten immer unfreundlichere Worte. Du hast selbst genug Phantasie, um dir diesen Wortwechsel vorzustellen.

Nun gibt es noch eine Gruppe von Hundebesitzern und deren Hunde, das ist ja auch nicht voneinander zu trennen, die in ihrer Respektlosigkeit die Hundebesitzer der vorangegangenen Gruppe noch weit in den Schatten stellen. Sie haben generell große Hunde. Meist handelt es sich dabei um Schäferhunde, andere gehören zur Gruppe der Boxer sind jedenfalls nicht selten bullig aussehende Kraftpakete, denen man ihre Sanftheit absolut nicht ansieht. Wenn ich ein solches Pärchen von weitem erspäht hatte, habe ich eingedenk der Erinnerungen an erlebte Begebenheiten, meine Strecke spontan geändert. Auf der anderen Seite der Straße des 17. Juni und auch westlich der Hofjägerallee gibt es noch genügend Tiergarten…

Diese Hunde an die Leine zu nehmen, widerspricht dem Selbstverständnis dieser Leute, das immer höher angelegt ist, als das der anderen. Sie wissen, dass sie eine Waffe mit sich führen und genießen diesen Status. Seit etwa zehn Jahren habe ich keine Runde mehr im Tiergarten gedreht. Während ich diese Zeilen zu diesem Typ Hundebesitzer schreibe, packt mich noch immer der Zorn, weil du dieser Situation hilflos ausgesetzt bist und letzten Endes noch froh sein kannst, wenn du unversehrt aus ihr herauskommst. Ich habe erlebt, dass Hundebesitzer im Tiergarten von einer berittenen Polizeistreife (ja, die gab es damals noch) dazu aufgefordert wurden, ihren Hund anzuleinen. Das machten sie dann auch, und wenn ich ihnen auf meiner nächsten Runde wieder begegnet bin, lief der Hund wieder so frei umher wie vorher. Ja, Freiheit ist ein hohes Gut und wenn man sie sich nehmen kann, indem man die Freiheit anderer beschneidet, muss sie besonders wertvoll sein.

Ein Hund dieser Kategorie von Hundebesitzer war Bodo, ein großer, schwarzer Riese. Er bewachte die Villa des Chefs, in dessen Firma mein Vater arbeitete. Hierhin schickte mich meine Mutter oft, um Haushaltsgeld zu holen, wenn unser Vater in der Buchhaltung des Betriebes mal wieder nichts bekommen hatte. Der Hund lief an einem langen Drahtseil und konnte so den ganzen Bereich der breiten Einfahrt und des Aufgangs bewachen. Wenn ich dort ankam, stand er mir schon am schmiedeeisernen Tor gegenüber, drohend und angsteinflößend. Ich rief so laut ich konnte, und wenn ich Glück hatte, kam auch jemand an die Tür, und wenn ich noch größeres Glück hatte, bekam ich auch etwas Geld, mit dem meine Mutter dann für das Wochenende das Wichtigste einkaufen gehen konnte.

Du siehst, ich hatte es schon in jungen Jahren mit Herrschaften und deren Hunden zu tun.

Anka

Da wunderst du dich jetzt. Ja, es gab einen Hund in unserem erweiterten Familienkreis. Es handelte sich dabei um die Hündin meiner Schwiegereltern, einen Cockerspaniel. Eine ´ganz Liebe´ und wie heißt es immer, eine ´ganz Süße´. Meine Frau und ich mochten es gar nicht, wenn meine Schwiegereltern mit „Anka" zu Besuch kamen. Bitte beachten: Die Betonung liegt auf dem Wörtchen „mit". Wie oft haben wir darauf bestanden, dass Anka nicht zwischen uns am Tisch sitzen darf. Es hat uns schon gestört, wenn sie vom Tisch gefüttert wurde, wenn sie ihre schiefe Schnauze auf die Tischdecke legte und versuchte, an das eine oder andere heranzukommen. Das ist doch ekelhaft!

In der Frage, was darf ein Hund und zwar nicht nur dann, wenn er irgendwo zu Besuch ist, sondern grundsätzlich, gingen unsere Meinungen unversöhnlich auseinander. Das ging sogar so weit, dass wir vor die Alternative gestellt wurden: Entweder wir kommen mit Anka zu euch oder wir kommen euch gar nicht mehr besuchen. Dagegen kann man dann nichts machen! Also duldeten wir diesen total ungehorsamen und oft heimtückischen Hund.

Ja, heimtückisch ist das richtige Wort. Es verknüpft die Adjektive „unberechenbar" und „hinterlistig", in hervorragender Weise, die Ankas Charakter zutreffend beschreiben. Die folgenden vier Begebenheiten sollen zur Verdeutlichung genügen. Ich habe sie ausgewählt, um deutlich zu machen, dass niemand so etwas braucht.

Ich war soeben auf der anderen Straßenseite zur Wohnung meiner Schwiegereltern angekommen, da öffnete sich die Haustür. Anka kam wie ein Blitz herausgeschossen, bellte wie verrückt und rannte einem älteren Herrn mit Gehstock von hinten in die Beine. Alles in Sekundenschnelle. Es ist nichts Schlimmes passiert. Der Herr ist zum Glück nicht hingefallen und wurde vermutlich auch nicht gebissen. Er drehte sich zu meinem Schwiegervater um und hat sich laut über diese Unverschämtheit beschwert: Den Hund auf die Leute los zu lassen statt ihn an die Leine zu nehmen, wenn man das Haus verlässt. „Sie müssen Ihren Köter doch kennen!" Was darauf mein Schwiegervater entgegnete, habe ich in vielen Varianten oft genug gehört: „Mein Hund ist versichert!" Auf meine später an ihn gerichtete Frage, ob er sich nicht eher hätte entschuldigen sollen als so einen Spruch heraus zu hauen: „Wieso denn, es ist doch gar nichts passiert!" „Was sagst du, nichts passiert? Der Alte hat immerhin einen riesigen Schreck gekriegt und hätte stürzen können, sich sogar den dabei Arm brechen!" „Ja, ja, nun lass mal schön die Kirche im Dorf!"

Da bist du sprachlos, stimmt´s? Eine ganz ähnliche Sache passierte, als unser Jüngster abends vom Training kam, die Tür schloss und auf sein Zimmer gehen wollte. Da sprang ihm Anka, ja, die Schwiegereltern waren zu Besuch, von hinten in die Beine und biss auch zu. Wenn du mich fragst, ich kann dir nur sagen: Ich brauche keinen Hund, erst recht nicht so einen!

Es war wieder einmal abends. Wieder einmal waren meine Schwiegereltern zu Besuch. Klar mit ihrem Liebling. Anka saß auf dem Schoß meines Schwiegervaters. Es klingelte. Mein Bruder hatte sich tags vorher angekündigt und kam nun geradewegs von seiner Arbeit zu uns. Ich öffnete, er trat ein und sofort sprang Anka von ihren Schmuseplatz auf und ging ihm direkt und laut kläffend an die Beine. Ich verstehe meinen Bruder, wenn er in diesem Blitzmoment keine tierpädagogische Lösung suchte. Er drosch auf den Hund ein, bis dieser von ihm abließ und jaulend unter der Eckbank verschwand. Selbstverständlich gab es wieder Streit.

Ich frage dich ernsthaft: Sind das die Erlebnisse, die man sich wünscht? Ich wünsche sie mir jedenfalls nicht und in Abwandlung eines Werbespruches für Brillen möchte ich hinzufügen: Ohne Hund wäre das nicht passiert. Wir hätten alle gut gelaunt zusammengesessen, etwas gegessen und getrunken und uns des Lebens erfreut.

Die folgende Geschichte geht genau in dieselbe Richtung.   Zur Taufe unseres Jüngsten hatten wir zur Feier in unsere Zweizimmerwohnung eingeladen. Während wir in der Kirche waren, bereitete unser Schwager das Festessen vor. Und nun saßen wir um den festlich gedeckten Tisch. Wir waren elf oder sogar zwölf Personen. Und ein Hund, nämlich Anka. Du kannst dir vorstellen, wie sich das Geschehen entwickelte, ich habe ja schon einiges erzählt: Der Hund lief uns ständig um die Beine herum, bettelte mal hier mal da um einen Brocken von unserem Teller, bekam nichts, ging woanders hin, bekam wieder nichts und bettelte weiter, immer wieder mit seiner wirklich hässlichen, schiefen Schnauze am und auf dem Tisch. Als alle Aufforderungen an meine Schwiegereltern keinen Erfolg zeigten, ist mir schließlich der Kragen geplatzt. Ich griff Anka am Halsband, und während ich meine Schwiegermutter noch sagen hörte, ich könne doch etwas für sie auf einen Teller machen und unten hinstellen, was für eine abartige Idee, habe ich sie, Anka, nicht meine Schwiegermutter, auf dem Balkon ausgesperrt. Alle Voraussetzungen waren nun gegeben, in Ruhe essen zu können. Falsch gedacht! Von Ruhe keine Spur. Vor dem Wohnzimmerfenster lief ein Hund auf dem Fenstersims hin und her, dessen Gekläffe wir uns nun anhören mussten, um wenigstens halbwegs ungestört essen zu können.

Durch derartige Erlebnisse wirst du nicht zum Hundefreund. Das ist klar.

Im Tiergarten

Der Tiergarten geht hervor aus dem ehemals kurfürstlichen Jagdrevier. An seiner heutigen Gestalt als Lustgarten für die Bevölkerung haben die Veränderungen unter

Friedrich II, dem Großen, und vor allem durch Georg Wenzeslaus von Knobelsdorff und Peter Joseph Lenné maßgeblichen Anteil. Der Tiergarten ist in der Tat „die grüne Lunge Berlins" mit entsprechender Auswirkung auf das Innenstadtklima. Vor allem an sehr warmen Tagen spürt man, vom Lützowplatz kommend, eine deutliche Temperaturabnahme. Auf seinen breiten Wegen lässt es sich auch bei 30 Grad im Schatten noch angenehm laufen.

Der Tiergarten war neben dem Grunewald und einigen Straßenrunden für gut 25 Jahre der Hauptort für mein Langlauftraining. Die Mitarbeiter des dortigen Gartenamtes schaffen es durch die intensive Bewässerung der Pflanzen und die unablässige Pflege der Wege und Brücken, dass dieser Park in seiner Schönheit und Funktion erhalten bleibt. Vielen Dank dafür!

Weniger dankbar bin ich den vielen Hundebesitzern und ihren Hunden für die Erlebnisse, die ich über die Jahre hier mit ihnen hatte. Damit wir uns nicht falsch verstehen: Es gab sehr viele Spaziergänger, die ihre Hunde an der Leine führten, aber es gab leider auch die Anderen, den ich unter vielen weiteren Erlebnissen die Begebenheiten „verdanke", von den ich dir jetzt erzählen möchte.

Der Rettungssprung

Wenn man vom Lützowplatz kommt, muss man zuerst die Tiergartenstraße überqueren, bevor man in den Tiergarten hineinlaufen kann. Die Ampel stand auf Rot. Ich lief langsam an die Tiergartenstraße heran und sah in etwa 50 Meter Entfernung zwei Fußgänger soeben die Hofjägerallee überqueren. Einer von beiden ging etwas zögerlich, was mich augenblicklich in Alarmstimmung versetzte. Und richtig! Hinter den beiden trottete ein Musterexemplar von einem Boxer her. ´Na, das fängt heute ja gut an´, dachte ich bei mir und hatte schon einen Plan: Wenn es grün wird, laufe ich so langsam weiter, bis alle drei im Park verschwunden sind, und dann laufe ich einfach geradeaus in Richtung Siegessäule. Ich musste dann noch langsamer laufen als geplant. Der Hund trödelte sehr langsam hinter den beiden her. Jetzt blieb ich sogar stehen, um ein zu enges Zusammentreffen zu vermeiden. Dann sah ich, dass der Hund mich gesehen, meine liebe Frau würde sagen `den Angstschweiß gerochen hatte` und alles Phlegma, das er bisher für mich ausstrahlte, wich augenblicklich. Mit wilden Sprüngen strebte er in meine Richtung. Ich war wie gelähmt, blieb stehen und sah ihn kommen. Eine Unmenge verschiedenster Gedanken schoss mir durch den Kopf. Es war völlig ausgeschlossen für mich, dass er lediglich angerannt kommt, um mich freundlich zu begrüßen, ja ich spürte sogar schon seine Zähne in meinen Beinen. Er war vielleicht noch zehn Meter von mir entfernt, als ich ohne groß nachzudenken, über ein rechts vorhandenes Gitter sprang, mitten ich einen von Knobelsdorff geschaffenen Seen. Ich versuchte im schlammigen Boden Halt zu bekommen um nicht umzufallen. Der Hund war inzwischen angekommen, betrachtete mich durch die Gitterstäbe und machte zu meinem großen Glück keinerlei Anstalten, mir ins Wasser zu folgen. So vergingen Sekunden, oder waren es Minuten. Der Hund stand regungslos und absolut friedlich vor dem Gitter, das er bequem hätte umlaufen können und sah mir in die Augen, als wolle er fragen: Was machst du denn da unten? Ich blickte nach oben, machte keine Bewegung und sagte keinen Ton. Schließlich, er

hatte die „Harro! Harro!"-Rufe auch gehört, drehte er sich weg und trottete davon.

Ich atmete auf. Mein heutiges Training war gelaufen. Sei´s drum! Ich säuberte so gut es ging meine Schuhe, Strümpfe und Beine vom ekelhaft riechenden Schlamm und trabte nach Hause.

Meiner Meinung nach handelte es sich bei Harro um einen friedlichen Hund, sonst wäre er mir doch über das Gitter hinweg oder um das Gitter herum nachgekommen. Vielleicht habe ich durch meinen überstürzten Sprung ins Wasser sogar eine einmalige Chance vertan, einen netten Boxer kennenzulernen. Schade!

Um es vorweg zu sagen: Eine solche Gelegenheit kam nochmal.

Harro die Zweite

Es war Anfang Januar. Wie zu dieser Jahreszeit früher üblich, war es recht kalt. Die Strecke führte uns zur Abwechslung aus dem Park heraus. Mein Freund und ich liefen an der Spree entlang in Richtung Schloss Bellevue. Wir waren fast auf der Höhe der Kongresshalle, als ich in noch großer Entfernung einen Mann mit Hund wahrnahm. Na schön, dachte ich, ich bin ja nicht allein, lauf mal locker weiter, vielleicht interessiert sich der Hund nicht für mich...

Es kam anders, und es kam wie es kommen musste. Mein Freund und ich liefen zunächst noch nebeneinander her. Als ich merkte, dass der Hund – ein Boxer, welch eine Überraschung – in meiner Laufrichtung war und blieb, wich ich ein wenig nach rechts aus. Von dem „Hundeführer" kam kein „komm her" oder dass er seinen Hund vielleicht sogar an die Leine genommen hätte. Ich lief noch etwas weiter nach rechts auf die etwa zehn Meter breite Fläche zur Spree. Der Hund machte diese Bewegung mit und kam immer näher. Wie das ausgehen wird, konnte niemand wissen. Mein Freund war schon wenigstens 30 Meter weg und der Hundebesitzer stand auf dem Weg und sah zu. Da ich immer weiter nach rechts auswich, stand ich schließlich auf der 50 Zentimeter breiten Ufermauer, mit dem Rücken zur zugefrorenen Spree. Weiter ausweichen war nicht möglich. Der Hund stand jetzt direkt vor mir, richtete sich auf und legte mir beide Vorderpfoten sanft auf meine Schultern.

Er war übrigens genau so groß wie ich. Und es war ein absolut friedliches Tête à Tête.

Darüber habe ich später noch sehr oft nachgedacht. Sage du mir nicht, meine Gedanken seien absurd, stelle ich doch seit vielen Jahrzehnten immer wieder fest, dass nichts unmöglich ist. Die folgende Idee zu dieser Begebenheit gefällt mir einfach zu gut und alles passt auch so wunderbar zu-sammen: Harro, der Hund, vor dem ich mich durch den „Rettungs-sprung" in einen See in Sicherheit gebracht habe, hat mich wiedererkannt und wollte mir nur sagen: „Du brauchst vor mir doch keine Angst zu haben, ich mag dich doch!" Unsere Begeg-nung in Augenhöhe – im wahrsten Sinne des Wortes – die Ruhe, mit der er mir bei-de Pfoten auf die Schultern legte und der ruhige Blick direkt in meine Augen legen mir diese Hundegedanken nahe. Bin ich dem freundlichen Harro tatsächlich ein zweites Mal begegnet?

Nachdem der Hund sich wieder getrollt hatte, war ich zunächst nur froh, dass diese Begegnung so friedlich abgelaufen ist. Ich wurde nicht gebissen, wurde nicht abgeschleckt und bin auch nicht in die Spree gefallen. Heute bedauere ich, den Hundebesitzer nicht nach dem Namen des Hundes gefragt zu haben und befürchte, an diesem Tag die Gelegenheit verpasst zu haben, einen der vielen Hunde, die mir je begegnet sind, 'Freund' nennen zu können.

Die Hundepfeife

Man kann parallel zur Straße des 17. Juni von der Siegessäule bis zum Brandenburger Tor laufen. Diese Strecke war damals, bis etwa in Höhe des Sowjetischen Ehrenmals, noch nicht asphaltiert. Hier lief es sich angenehm, sowohl vom Bodenbelag her als auch hinsichtlich des Straßenlärms.

Auf dieser Strecke war ich unterwegs. In gut hundert Metern Entfernung sah ich eine Gruppe von etwa fünf Leuten, die sich in Richtung Brandenburger Tor bewegten. Als ich näherkam, sah ich zwei Schäferhunde, die sich aus dem Gebüsch kommend zur Gruppe zur gesellten. Meine Alarmglocken läuteten. Ich blieb stehen, überlegte kurz und entschloss mich, ein paar Meter zurück zu laufen und einen Weg nach rechts einzuschlagen. Während ich mich umdrehte, sah ich die beiden Hunde bereits auf mich zurasen. Gebückt, den Kopf unten und keinen Zweifel daran lassend, dass sie mich angreifen und verletzen werden. Ich war unfähig irgendetwas zu unternehmen. Hier gab es kein Entkommen. Ich stand da wie angewurzelt und sah hilf- und regungslos das Unglück auf mich zukommen.

Plötzlich, etwa 20 Meter von mir entfernt, blieben beide Hunde wie auf Kommando stehen. Ja, es gibt noch Wunder! Oder war es gar kein Wunder? Die Hunde ignorierten mich, drehten sich um und trabten gemütlich zur Gruppe zurück. Es war mir zunächst völlig egal, warum die Hunde „es sich" und dazu noch so plötzlich anders „überlegt" haben.

Nach einer Gehpause, in der ich versuchte mich zu beruhigen, lief ich langsam weiter. An eine Fortsetzung des Trainingslaufs war nicht mehr zu denken. Alles war verkrampft. Ich sah die beiden Hunde immer wieder auf mich zurasen und entschloss mich, nach Hause zu laufen, denn ich hatte nicht die geringste Lust auf eine erneute Begegnung.

Diesen Vorfall erzählte ich ein paar Tage

später meinem Bruder, wie du ja bereits weißt, Tierpfleger im Zoologischen Garten in Berlin. „Nein, das war kein Wunder!", berichtigte er mich „das war eine Hundepfeife. Der Besitzer hat eine Hundepfeife benutzt, deren Ton nur die Hunde hören. Die sind darauf dressiert!"

Das ist ja sehr interessant. Bis dahin wusste ich nicht, dass es eine solche Pfeife gibt. Mit diesem Wissen war mir auch klar, warum die Hunde so plötzlich von dem Angriff auf mich abließen. Soll ich mich jetzt freuen, dass es solche Pfeifen gibt? Einerseits schon, ohne die Hundepfeife wäre diese Begegnung anders ausgegangen.

Andererseits hege ich den dringenden Verdacht, dass der Hundebesitzer mit voller Absicht mit seinem Pfiff bis zur vorletzten Sekunde gewartet hatte. Das muss ein geiles Gefühl für ihn gewesen sein, anderen mit seinen Hunden eine solche Angst einzujagen, wie ich sie verspürt habe.

Jetzt will ich mal etwas sagen dürfen, was ich eigentlich nicht sagen sollte.

Ich habe schon mehrmals gelesen oder gehört, dass Hundebesitzer von ihrem eigenen Hund angegriffen, ja manche sogar getötet wurden. Das ist zweifellos eine schlimme Sache, die ich niemandem wünsche. Trotzdem: Der ´Pfeife´ mit seinen zwei Schäferhunden würde, meiner Meinung nach, ein kräftiger Biss von seinen eigenen Hunden in den Allerwertesten vielleicht eine Lehre sein. Abgesehen von diesem primitiven Rachegedanken bin ich sogar der Auffassung, dass er aus charakterlichen Gründen ungeeignet ist, Hunde zu halten.

Der mit dem Hund tanzt

Ganz ehrlich! Heute weiß ich nicht mehr, warum ich auch bei Minusgraden und Glatteis im Tiergarten oder sonst wo meine „Kilometer gemacht" habe. Es gibt gerade bei diesen Witterungsbedingungen und vor allem bei diesen Bodenverhältnissen so viel Schönes, was man zu Hause in der warmen Stube machen könnte...

Einfach abhaken! Damals sah ich das anders, und dabei wollen wir es belassen.

Wenn es geschneit hatte, und zu ´meiner Zeit´ hat es noch oft geschneit und nicht selten auch ein bisschen mehr, dann waren die Wege im Tiergarten bald spiegelglatt. Da es auf den Straßen nicht viel besser aussah, blieb ich also im Tiergarten. Jetzt es kam beim Laufen vor allem darauf an, keine größeren Ausholbewegungen zu machen. Du musst so gleichmäßig laufen wie möglich, mit etwas kleineren Schritten und ständig darauf gefasst sein, doch wegzurutschen.

Mit dieser hohen Konzentration aufs Laufen bog ich, von der Siegessäule kommend, vorsichtig in den Bremer Weg ein und bereitete mich innerlich auf meine zweite Runde vor. Ich hätte ja auch statt abzubiegen geradeaus laufen können und wäre dann in fünf Minuten zu Hause gewesen. Dass ich genau das hätte machen sollen, wusste ich leider erst etwas später.

Bei solchen winterlichen Verhältnissen ist im Tiergarten nicht viel los. Auch mal angenehm. Ein einzelner Spaziergänger voraus, sonst nichts. Ich wollte gerade an ihm vorbeilaufen, da schießt ein schwarzer Schatten, laut bellend, von der linken Seite auf mich zu. Ich versuchte, mich hinter dem Spaziergänger „zu verstecken", rutschte durch das plötzliche Abbremsen weg und verlor das Gleichgewicht. So saß ich, mich so gut wie möglich schützend, zu Füßen des jungen Mannes. Der bemühte sich, den Hund von mir fernzuhalten. Ich konnte aufstehen und suchte auf der anderen Seite des Hundebesitzers Schutz. Da riss sich der Hund los und kam hinterher. Jetzt begann ein Verfolgungslauf, immer um den jungen Mann herum. Der Hund und ich liefen, so gut es bei Glatteis möglich ist, Runde um Runde um den sichtlich hilflosen Hundebesitzer herum. Das mag von weitem wie ein Tanz ausgesehen haben, aus der Nähe betrachtet konnte man erkennen, dass der Hund keinen Spaß verstand. Laut und angsteinflößend knurrend versucht er nämlich mich zu erwischen. Ich glaube, dass es ihm ohne Glatteis auch gelungen wäre. Aber so rutschte er immer wieder weg während ich mich bei meinen Runden irgendwo am Mantel des jungen

Mannes festhielt. Nach der fünften, vielleicht sechsten Runde, stürzte er sich wie ein Torhüter auf den ankommenden Ball auf seinen Hund und bekam ihn gleich beim ersten Versuch in den sicheren Haltegriff. Ich stand daneben, war froh, dass die Situation vorbei war und hoffte, dass es nicht von vorne losging. Es sah gut für mich aus. Er hatte ihn sicher am Halsband und bewegte sich, auf den Knien rutschend, mit seinem Hund von mir weg. Wir waren beide mehr oder weniger sprachlos und fragten uns vermutlich beide dasselbe: Warum war der Hund, „sonst ein ganz lieber und friedlicher", wie er meinte, so scharf auf mich. Er entschuldigte sich andauernd, immer wieder beteuernd, dass er seinen Hund so nicht kennt. Ich sah, dass ihm der Vorfall sehr leidtat, war auch nicht sauer auf ihn. Immerhin hat er mich ja auch gerettet, zwar aus einer Situation, die er mit verschuldet hat, aber sei´s drum.

An Weiterlaufen war nicht zu denken. Irgendwann bei diesem Theater habe ich mir den Fuß verstaucht, die Schmerzen meldeten sich jetzt, nachdem Ruhe eingekehrt war. Ich humpelte nach Hause und hatte dabei viel Zeit nachzudenken.

Der junge Mann sagte, so kenne er seinen Hund nicht. Genau das ist es, was ich bei Tieren, also auch bei Hunden, immer in Rechnung stelle: Kein Hunde-besitzer kennt seinen Hund, weil er nicht wissen kann, was genau in ihm vorgeht. Selbstverständlich ist diese Aussage ebenso haltlos, wie die eines Hundebesitzers, der sogar davon überzeugt ist, seinen Hund genau zu kennen. Aber ich habe Argumente, die meine Ansicht stützen. Die Aussage des jungen Mannes ist schon mal eines davon, Einzelfall hin oder her. Da gibt es die anderen Einzelfälle, bei der ein Hund das Baby aus dem Kinderwagen gerissen und getötet hat, oder den Hundebesitzer, der von seinen eigenen Hunden zu Tode gebissen wurde. Ich wage zu behaupten, dass diese Hundebesitzer Minuten vorher noch behauptet hätten, ihre Hunde genau zu kennen. So kann man sich irren!

Was ist nun mit der These meiner lieben Frau: Die Hunde riechen deinen Angstschweiß und gehen deshalb auf dich los. Diese These ist nur haltbar, wenn ich diesen Angstschweiß ständig verströme. Schweiß wird jedoch von Drüsen abgesondert, die auf einen entsprechenden „Befehl" zur Absonderung angewiesen sind. Sie beginnen zum Beispiel tätig zu werden, wenn der Körper gekühlt werden muss. Ich habe an mir beobachtet, dass ich beim Anblick einer noch entfernten Gefahr durch Hunde in Alarmbereitschaft versetzt werde, vom Kopf her und von innen gewissermaßen. Da mögen dann auch Duftstoffe freigesetzt werden, die man als Angstschweiß bezeichnen kann. Soweit akzeptiere ich die Ansicht meiner Frau. Wenn ich in eine solche, sagen wir, in Eine-Noch-Nicht-Gefahrensituation komme, drehe ich deshalb ab und laufe eine andere Strecke.

Wenn ich jedoch, wie zuvor geschildert, bedenken- und ahnungslos unterwegs bin und von einem Hund angefallen werde, kann ich die „Angstschweißtheorie" nicht gelten lassen. Meine „Angstschweißporen" waren nicht aktiviert, als ich auf der Höhe des jungen Mannes war, das steht fest, allenfalls meine Schweißdrüsen, denn ich hatte ja schon eine Runde hinter mir. Wenn es jedoch der „reine" Schweiß ist, durch den Hunde auf mich reagieren, was ich ohne weiteres gelten lasse, dann kann ich nur sagen: Gut, dass ich versuche, jedem Hund aus dem Weg zu gehen. Für die Hunde bin ich in diesem Falle doch ein rotes Tuch!

Andererseits wundert es mich, dass ich nicht viel öfter angegriffen werde, nicht dass ich mich jetzt beschweren will, aber alle Hunde nehmen diesen vermeintlich entscheidenden Geruch doch wahr.

Noch eine einzige Bemerkung zu diesen Gedanken: Harro muss meinen „Angstgeruch" bei unserer Begegnung an der Spree schließlich auch wahrgenommen haben. Und was ist passiert? Nichts! Nichts Schlimmes jedenfalls. Im Nachhinein betrachtet, war diese Begegnung sogar richtig nett.

Die Bewaffnung

Ob nett oder weniger nett, von Begegnungen dieser Art hatte ich endgültig genug. Durch Zufall las ich in einer Zeitschrift mit vier gelben Buchstaben die Annonce für ein Spray, das man gegen Hunde einsetzen kann. „Hau ab"-Spray, nomen est omen. Vielleicht genau das Richtige für mich. Ich habe es mir selbstverständlich besorgt. Mit diesem „Hau ab"-Spray in der Rechten und dem Schlüsselbund in der Linken drehte ich von da an meine Runden im Tiergarten. Jetzt können sie kommen!

Wochen sind vergangen seither und nicht ein einziger Hund kam in meine Nähe. Sollte das Spray bereits wirken, wenn man es nur in der Hand hat. Riechen die Hunde das Spray bereits aus weiter Ferne? Fast glaubte ich schon an ein Wundermittel in meiner Hand, bis eines Tages tatsächlich, trotz des Sprays in meiner Hand, ein Hund kläffend auf mich zulief. Na endlich, dachte ich, komm du nur her. Ich werde dir schon zeigen, was einem Hund passiert, wenn er so frei im Tiergarten herumläuft. Nun war er da, verbellte mich unfreundlich, und ich setzte das Spray ein. Ich drückte der Dose zweimal auf den Kopf, pfffft, pfffffft, aber nichts von dem, was ich erwartet hatte, passierte. Der Hund blieb völlig unbeeindruckt von meiner Aktion und ich merkte beim zweiten Sprühstoß auch warum. Ich hatte mich zweimal selbst angesprüht. Bevor ich nachsehen konnte, wie ich die Spraydose nun halten muss, damit der Hund auch etwas davon hat, war der Hundebesitzer nah genug und rief ihn zu sich. Das war das Ende dieser Begegnung und auch das Ende der „Hau ab"-Spraydose.

Die Polizei rät ängstlichen Leuten, sich nicht zu bewaffnen, um Angreifer abzuwehren zu können. Ganz schnell kann es nämlich passieren, dass der Angreifer, der in der Regel ja im Angreifen ausgebildet ist, genau diese Waffe nach wenigen Sekunden für seinen Angriff mitverwendet. Vielleicht greift der Angreifer sogar zu einer geeigneten Gegenwaffe, die schlimmere Folgen für den Verteidiger mit sich bringt, als wenn er unbewaffnet geblieben wäre. Nicht jeder ist ein „Krokodile Dandy", der hatte aber auch ein Angst einflößendes Messer dabei, als ihn ein paar Halbstarke hochnehmen wollten.

An diesem Beispiel lässt sich die Warnung der Polizei sogar gut erläutern: Die Halbstarken haben Paul Hogen mit einem Messer attackiert. Der holt aus seinem Hosenbund ein mindestens dreißig Zentimeter langes Messer hervor. Im Film hauen die Jungs ab. Was wäre Paul Hogen aber passiert, wenn einer der Typen als Reaktion auf das Messer plötzlich eine Pistole zieht und feuert? Da hätte ihm das Messer auch nicht mehr viel genutzt.

Das sind prinzipiell die Gedanken, die mich bewogen, das „Hau ab"-Spray nicht mehr zu verwenden. Ich wollte dadurch verhindern, dass ein Hund mich nur deshalb tatsächlich angreift, weil ich eine Waffe gegen ihn einsetze. Da höre ich nämlich schon jetzt die weisen Worte meiner Frau, wenn ich mit einem solchen Erlebnis nach Hause gekommen wäre: Selbst schuld!

Man begegnet sich immer zweimal

Manchmal sogar dreimal. Keine Frage, ich war wieder einmal im Tiergarten. Dort war ich mit einem Freund verabredet, mit dem ich wieder einmal ein paar Runden laufen wollte. Ein Freund mit einer ganz ordentlichen läuferischen Vergangenheit, inzwischen jedoch, wie ich auch, etwas in die Jahre gekommen. Wir unterhielten uns während des Laufens und wenn es zu anstrengend wurde, machten wir eine Gehpause, in der er tatsächlich sogar schneller ging, als wir vorher gelaufen waren. Ich habe das nie verstanden und wäre stattdessen lieber langsam weitergetrabt. Schnell gehen ist echt anstrengend. Du siehst, dass wir es mit dem Laufen nicht mehr ganz so ernst nahmen wie früher.

Er erzählte, ich hörte zu. Wir hatten unsere erste Runde fast geschafft, als uns ein Radfahrer mit freilaufendem Hund entgegenkam. Ich lief ganz rechts, machte mir wegen des Hundes keine Gedanken. Mein Freund, der dem Hund am nächsten sein würde, wenn wir aneinander vorbeilaufen, ist ein ausgesprochener Hundefreund und – kenner. Er hat viele Jahre sogar selbst einen Hund besessen. Unter diesen Voraussetzungen machte ich mir keine Sorgen, dass etwas passieren könnte.

Vielleicht hatten meine Schweißdrüsen trotzdem etwas Angstschweiß produziert. Warum sollte mich der Hund, ein mittelgroßer schwarzer Mischling, als wir bereits vorbei waren, denn sonst von hinten anspringen und mich anknurren? Das war ein Schreck! Er ließ zum Glück sofort von mir ab und lief zu seinem „Herrchen" zurück. Der fuhr, ohne die geringste Notiz von diesem Vorfall genommen zu haben weiter. Also, es gibt Leute, da weißt du nicht mehr was du sagen sollst. Aus langjähriger Erfahrung habe ich sogar die Erkenntnis gewonnen, dass manchmal auch jedes Wort zu viel ist. Wir sammelten uns, schimpften vor uns hin, und nahmen dann die zweite Runde in Angriff.

Und wem begegneten wir etwa eine halbe Runde später? Dem Mann mit dem Rad und dem Hund! Mein Freund lief plötzlich etwas schneller. Ich nahm an, er wollte möglichst schnell vorbei an den beiden. Irrtum! Bevor ich mich versah, hat er den Radfahrer so heftig gerammt, dass der mit dem Rad über die niedrige Barriere des Weges in die Büsche fiel. Meinen erstauntfragenden Blick hat mein Freund nicht beantwortet. Dazu hatte er jetzt keine Zeit mehr. „Komm, los!", rief er mir zu und lief so schnell er konnte vom Tatort weg. Ich, so schnell ich noch konnte, hinterher. Stelle dir bitte nicht vor, wie es aussieht, wenn zwei ältere Herren versuchen „Tempo zu machen". Es ist so schon schlimm genug.

Wir rannten, was die Beine noch hergaben und hörten doch den Radfahrer mit seinem Hund immer näherkommen. Unser Versuch, die Wiese als weiteren Fluchtweg zu nutzen, half auch nicht lange. Bald darauf standen wir uns gegenüber: der Radfahrer wütend, der Hund, seiner Haltung nach zu urteilen, bereit für ein entsprechendes Kommando und wir kaputt von dem ungewohnten, gut hundert Meter zu langen Sprint.

„Komm nur her, du mit deinem Sch...köter". Mein Freund riss einen kräftigen Zweig vom Baum und nahm eine entschlossene Drohhaltung ein. Das war schon eindrucksvoll. Und ganz ehrlich gesagt, so wie wir uns hier gegenüberstanden, war diese Situation erheblich spannender als die bewusste Szene aus „High Noon".

Hier standen wir nun. Zum Glück war es kein Duell mit „blauen Bohnen", sondern nur eines mit Worten. Zunächst gab es Beschuldigungen und Vorwürfe von beiden Seiten, und zwar in einer weniger jugendfreien Sprache. Mit der Zeit beruhigte sich die Situation und man kam ins Gespräch. Es endete, wie ein Streitgespräch enden sollte. Ja es gab sogar Worte, die sehr nach Entschuldigung klangen. Jeder räumte Fehler ein. Ich verabschiedete mich vom hundebesitzenden Radfahrer sogar mit Handschlag!

Meinem Freund und mir war danach nicht mehr nach Laufen zumute. Der Sprint passte so gar nicht in unser Leistungsprofil und so entschlossen wir uns, „Feierabend" zu machen.

Grunewald

Der Grunewald ist das bekannteste Waldgebiet Berlins. Durch die AVUS und die Eisenbahnstrecke von und nach Potsdam zerfällt er in zwei große Teile. Und dabei sind wir schon beim Wesentlichen. Die Seenseite, links der AVUS, mit dem Grunewaldsee, der Krummen Lanke und dem Schlachtensee ist nämlich Hundeauslaufgebiet. Im anderen Teil des Grunewalds hingegen dürfen Hunde nicht frei laufen. Wenn man, wie ich, Hunden möglichst aus dem Wege gehen möchte, bleibt man also rechts der AVUS. Das konnte ich mir wunschgemäß einrichten, wenn ich alleine lief oder fuhr. War ich jedoch, wie meistens, mit einem Freund unterwegs, führte uns der Weg oft durch das Hundeauslaufgebiet. Wir fuhren dann entweder auf dem Hinweg zu unserer Grunewald- runde oder auf dem Rückweg hier durch. Im Laufe der Jahre habe ich bemerkt, dass sich hier ganz andere Hunde aufhielten als im Tiergarten. Fast immer kamen wir pro- bemlos an den vielen sich frei bewegenden Hunden vorbei. Trotzdem hatte ich immer ein ungutes Gefühl, wenn ich an einen Hund heranfuhr und vor allem, wenn ich vorbei war und ihn nicht mehr sah.

Der Hinterhalt

Wir waren auf dem Rückweg und fuhren den Weg direkt neben der S-Bahnstrecke. Mein Freund, der diese Strecke wohl be- sonders mochte, vorneweg und ich so gut es ging hinterher. Wenn du nach zwei Stunden im Gelände auch auf dem Rück- weg noch die „Kette straff halten" musst, um hinterher zu kommen, hast du keine Muße mehr, nach links oder rechts zu gucken. Deshalb habe ich vermutlich auch nicht besonders auf ein Geräusch geachtet, das ich hinter mir zu hören glaubte. Vielleicht ein Ast...

Ich kann dir bis heute nicht genau sagen, was damals genau passiert ist. Trotzdem will ich versuchen, dir diese Begegnung, soweit ich das Geschehen nachvollziehen kann, zu schilden. Wie schon gesagt, ich war bemüht Anschluss an meinen Freund zu halten und hörte ein Geräusch hinter mir. Ich war sehr flott unterwegs und ließ das Geräusch (vermutlich zum Glück) unbeachtet. Auf das anschließend vernommene Knurren konnte ich gar nicht mehr reagieren, denn unmittelbar danach prallte ein großer Körper gegen meinen Rücken und wenige Zehntelsekunden später hörte ich nur noch lautes Jaulen und den Ruf „Komm her, komm heeeer!" Dann war Ruhe. Ich fuhr, ohne mich auch nur einmal umzudrehen weiter, denn ich war mir sicher, dass die Gefahr vorüber war.

Aber was war wirklich passiert und vor allem warum. Die dazu passende Theorie habe ich bereits auf dem Rad entwickelt. Sie macht den Hundebesitzer zum Verursacher und seinen Hund zum Opfer.

Die Strecke entlang der S-Bahn ist sehr übersichtlich. Wenn sich in mehreren hundert Metern vor uns jemand oder etwas auf dem Weg befindet, sieht man das sofort. Wir richteten dann unsere Fahrt stets rechtzeitig darauf ein. Den Mann mit dem Hund habe ich nicht gesehen, mein vorausfahrender Freund übrigens ebenfalls nicht. Also stand oder lief er mit seinem Hund rechts vom Weg irgendwo im Wald. Mit hoher Wahrscheinlichkeit hat er uns kommen sehen. Ich gehe jetzt sogar soweit, zu behaupten, er habe sich gefreut, dass endlich mal Radfahrer vorbeikommen, den er zeigen kann, dass sie im Wald nichts verloren haben. Die in den fast dreißig Jahren gesammelten Erfahrungen mit Fußgängern im Wald können diese Annahme durchaus nahelegen, gibt es doch Leute, die glauben, der Wald gehöre ihnen allein. Der Hundebesitzer wollte uns zeigen, wem der Wald gehört und hat deshalb nichts unternommen, als er seinen Hund losrennen sah, um mich – „den Letzten beißen die Hunde" – anzugreifen. Erst als der Hund bei seinem Versuch, mir von hinten an den Hals zu springen mit seinen Weichteilen auf meinen sich schnell drehenden Profilreifen geriet und mit Sicherheit große Schmerzen verspürte, rief er den Hund zurück.

Wie in neunundneunzigkommaneun Prozent aller Fälle, von den ich dir hier erzähle, war es auch diesmal der Hundebesitzer, der für diese Begegnung und ihre Folgen verantwortlich ist. Es ist allerdings schreiend ungerecht, dass es der Hund war, der diese schmerzhafte Erfahrung mit dem Profil meines Hinterreifens machen musste. Und das bedauere ich.

Eine Verwechslung, sonst nichts

Wieder im Grunewald. Ich war alleine auf dem Rad unterwegs. Selbstverständlich auf der anderen Seite der AVUS. Ich möchte ja in Ruhe fahren können. Für alle, die den Grunewald nicht kennen sei gesagt, er bietet ein anspruchs-volles Gelände mit Bergstrecken bis gut einem Kilometer, demzufolge auch längere Abfahrten und vor allem nach längerer Trockenzeit tiefen Sand. An vielen Stellen muss man geschickt steuern, um nicht stecken zu bleiben. Der ständige Wechsel von schwierigen Strecken mit Anstieg und Geröll und kurz darauffolgenden Abfahrten mit engen Biegungen macht den Spaß beim Fahren aus. Hier kannst du auf den breiten festen Wegen, die es hier auch gibt, im größten Gang richtig schnell fahren. Das macht alles sehr viel Freude.

Mit diesem Gefühl kam ich aus einer sanften Steigung an eine Kreuzung herangefahren. Im linken Augenwinkel sah ich in etwa fünfzig Metern Entfernung eine kleine Gruppe: Zwei Personen und einen Hund. Ich guckte genauer hin: Ja, es waren zwei Erwachsene, Mann und Frau, und ein Hund, ein Hund so groß wie ein Kalb. Nun war ich aber schon durch die Kurve auf einem schön breiten Waldweg in Richtung Havelchaussee und machte mir keine Gedanken mehr wegen des Hundes. Es dauerte aber nicht lange, da hörte ich Geräusche hinter mir, die mich noch schneller fahren ließen. Das muss der Hund sein, dachte ich. Gleichzeitig konnte ich wohl zu recht annehmen, dass der Hundebesitzer seinen Hund bestimmt laut zurückrufen würde, wenn der abhaut. Ein flüchtiger Blick nach hinten verschaffte mir Gewissheit. Der Hund war im Jagdmodus. Auch wenn ich noch schneller gefahren wäre, hätte er mich in wenigen Sekunden eingeholt. Der Gedanke, dass er mich auf dem Rad angreift und ich mit dem Rad auch noch stürze, war mir so unangenehm, dass ich beide Bremsen zog und zusah, dass ich vom Rad runterkomme. Ich stellte das Rad quer und hielt es wie einen Schutzschild vor mich. Der Hund war zwar riesig aber nicht bösartig. Ich hielt das Rad immer so, dass er nicht an mich rankam. So „spielten wir miteinander", bis uns nach einer halben Ewigkeit der Besitzer mit seiner Begleitung eingeholt hatte.

Der übliche Wortwechsel mit den Aspekten Leinenzwang, der Hund spielt nur, der Gefahr, einem ins Rad zu laufen, der Wald gehört nicht nur Radfahrern, Sie haben schließlich darauf zu achten, dass nichts passiert setzte ein... Eine fruchtlose „Unterhaltung". Mein Gegenüber war nicht unfreundlich, im Gegenteil, aber seine geschickte Art mir deutlich zu machen, dass heute doch ein schöner Tag sei und man sich darüber freuen sollte, brachte mich auf die Palme. Seine Aussage, der Hund habe mich vermutlich mit einem Wildschein oder einem Reh verwechselt, brachte „mein Fass" zum Überlaufen. In so einem Moment fallen mir leider nie die richtigen, die angemessenen Worte ein. In meiner Sprachlosigkeit über dieses Verhalten sah ich die Frau an. Ich erinnere mich noch sinngemäß an meine Worte: „Mit so einem Ignoranten und Egoisten gehen Sie im Wald spazieren! Da seien Sie mal schön vorsichtig!" Dann schwang ich mich auf mein Rad und fuhr los. Es war ja auch alles gesagt.

Diese Begegnung war wieder einmal ein Beispiel für die phantastischen Fähigkeiten eines Hundes. Bevor er mich sehen konnte, zumal Hunde meines Wissens ja schlechte Augen haben, hat er mich bereits gerochen, aus mehr als fünfzig Metern Entfernung. Dann erst hat er mich optisch wahrgenommen und vielleicht trifft es sogar zu, was der Hundebesitzer mehr im ironischen Scherz gesagt hat, mich für ein Reh oder Wildschwein gehalten. Er wusste gar nicht, hinter was er jetzt herrennt und war überrascht, dass es nicht die erhoffte Jagdbeute war. Armer Hund!

Test bestanden

Du wirst es kaum glauben, aber ich habe auch angenehme Erinnerungen an Hunde. Was die folgende Begegnung betrifft, gilt diese Aussage zwar nicht von Anfang an, das liegt aber weitgehend an mir. Wir waren zu viert, den Hund mitgerechnet und fuhren mit dem Auto zu unserer Laufstrecke im Grunewald. Links von der S-Bahn selbstverständlich. Mein Freund, den du bereits aus dem Tiergarten kennst, und sein Dienstkollege saßen vorne. Ich teilte mir die Rückbank mit einem sehr großen, sehr schwarzen und sehr zottigen Hund namens Cäsar. Teilen ist nicht der richtige Begriff für unser Arrangement: Cäsar stand auf der Rückbank und zwar von einer Seite des Autos bis zu anderen. Ich versuchte, in der Mitte auf der Kante sitzend, Ruhe zu bewahren, und je länger wir fuhren, desto leichter fiel es mir, diesen engen Kontakt mit Cäsar auszuhalten.

Viele Jahre später habe ich einen ganz ähnlichen Hund bei meinen Verwandten kennengelernt. Swipp, so heißt dieser Hund, trägt den „Border-Colli" in seinen Genen. Wie sagte mein Neffe, der offensichtlich darüber informiert war, dass ich zu Hunden ein „gestörtes Verhältnis" habe: „Komm nur ganz normal her und guck Swipp nicht an. Du musst ihn einfach ignorieren. Dann gehörst du auch nicht zu seiner Gruppe, auf die er aufpassen muss". Ganz bestimmt hatte Cäsar ebenfalls einen Border-Colli-Anteil in den Genen. Er hat sich übrigens kein bisschen um meinen „Angstschweiß" gekümmert.

Im Grunewald angekommen, machten wir uns dann zu viert auf die Strecke. Bernd und mein Freund unterhielten sich über alles Mögliche, hauptsächlich jedoch über Hunde. Das war naheliegend, denn Cäsar war wirklich ein ganz besonderer Hund und mein Freund hatte damals auch noch einen Hund bei sich zu Hause. Dann, wenige Meter vor einer Weggabelung sagte Bernd zu uns, wir sollten nach rechts abbiegen, er laufe weiter geradeaus. Gesagt, getan. Ich dachte zunächst, er habe ein

Bedürfnis und wir sollten schon mal vorauslaufen. Nein, sein Plan war, uns zu zeigen, wie der Hund reagiert, wenn wir uns trennen.

Wir bogen rechts ab. Cäsar blieb, überraschend für mich, an unserer Seite. Keine zwanzig Meter weiter, lief Cäsar uns in den Weg und versuchte uns abzudrängen. Er lief uns schließlich direkt vor die Beine und verhinderte so, dass wir weiterlaufen konnten. Also blieben wir stehen. Cäsar lief vor uns hin und her, immer versuchend, uns zurück zu drängen. Wir erkannten, dass es hier nicht weitergehen sollte.

Auch ohne Bernds Zuruf hatten wir verstanden, dass wir zurückkommen sollen. Cäsar hatte den Test, ob er uns zusammenhalten würde, glänzend bestanden. Das läge ihm in den Genen, meinte Bernd. Jedenfalls beibringen musste er es ihm nicht.

Viele Fähigkeiten von Hunden sind absolut erstaunlich. Ob das nun, wie eben geschildert, das Hüten ist, oder die Fähigkeit, bei Problemen eines Menschen mit dem Blutzuckerspiegel Alarm „zu schlagen". Zucht und Dressur haben aus „dem Wolf" eine riesige Zahl an Hunderassen mit den verschiedensten Eigenschaften vom Kampfhund über Hunde mit wichtigen sozialen Aufgaben bis hin zum Schoßhündchen entstehen lassen. Wenn ich jemanden sehe, der seinen zitternden Winzling von Hund auf seinem Unterarm spazieren trägt, dann frage ich mich spontan und leise: „Was man aus einem Wolf alles machen kann..."

Mensch, Helmut!

Auf dem Weg zur Bushaltestelle hatte ich vor Jahren eine Begegnung mit einem solchen Hund. Ein Hund mehr Nacktratte als Wolf, etwa 15 Zentimeter groß, ging mit seiner Besitzerin hinter mir her. Ich habe beide erst wahrgenommen, als sie ihren Freund auf vier Beinen zur Ordnung rief. Dieser Ruf war wie ein Befehl, und er klingt mir heute noch in den Ohren: „Helmut, H e l m u t, komm sofort her!" Ich erschrak. Selbstverständlich fühlte ich mich angesprochen. Als ich mich umdrehte, sah ich, was ich bis heute pervers finde, aber auf jeden Fall absolut unpassend. Dieses, jeden Hund beleidigende Etwas, soeben auf dem Weg auf die Fahrbahn, heißt Helmut! Es hat nicht viel gefehlt und ich hätte ihrem Befehl Folge geleistet, um ihr die Meinung zu sagen. Ich war sprachlos und habe es leider versäumt sie zu fragen, zu welcher Tierart „det Ding jehört" und warum er ausgerechnet Helmut heißt.

Ich kann mir jedoch auch ohne nähere Informationen gut vorstellen, dass sie mit einem Helmut zusammenlebte, der sie ständig bevormundete. Da ist es aus psychologischer Sicht durchaus verständlich, auf diesem Wege Frust abzubauen. Wieder einmal muss ich betonen, dass der Hund weder für seinen Namen noch für seine Funktion etwas konnte. Bestimmt hat Helmut unter dieser, ihm aufgebürdeten Rolle erheblich gelitten. Der Weg auf die Straße war möglicherweise sein letzter Versuch, dieser Frau zu entkommen.

Und schon sind wir wieder bei dem Begriff „artgerechte Haltung" angekommen. Aufgrund meiner geringen Kenntnisse über Hunderassen mit ihren jeweils spezifischen Bedürfnissen, kann ich in dieser Sache kein Urteil fällen. Aber ich werde doch Fragen stellen dürfen, die aus meiner Sicht unter dem Gesichtspunkt „artgerecht oder nicht" gestellt werden müssen.

Heute weiß ich, dass Hunde bis zu hundert und sogar mehr Worte verstehen. So empfand ich es nicht mehr befremdlich, als ich an einem Herrchen-Hundepaar vorbeikam und hörte, wie Herrchen vorwurfsvoll sagte: „Wie oft soll ich dir noch sagen, dass du nicht auf die Straße laufen sollst?" Leider konnte ich nicht mehr hören, was der Hund geantwortet hat...

Einige Hunde, die bei der Betrachtung „artgerecht oder nicht" eine Rolle spielen, hast du ja schon kennengelernt. Anka zum Beispiel. Ob Anka bei den Eltern meiner Frau artgerecht gehalten wurde, ist zu bezweifeln. Mehr aber auch nicht. Dass sie, wie oben geschildert, aus der Haustür gerannt kommt und einen älteren Mann zumindest erschreckt, erinnert mich an Schüler, die nach dem letzten Schultag vor den Ferien aus dem Gebäude gerannt kommen und erst einmal schreien, jubeln und außer sich sind vor Freude. Da fällt etwas ab, da wird versucht, etwas zurückzuholen, was das Leben lebenswert macht. Eine Vermutung, ich gebe es zu, aber eine mit Vergleichspotential. Das Fazit daraus zu Anka: Sie hatte nicht den Auslauf, den sie brauchte. Dazu kommt, dass sie in ihrem ersten Leben, jahrelang die Fahrten ihres Erstbesitzers, eines Lkw-Fahrers, auf dem Boden des Führerhauses mitgemacht hatte. Daran kann doch kein Hund Freude haben.

Oder betrachten wir den Hund mit dem Kuchenstück. Du wirst ihn noch kennenlernen. Wenn er in der Wohnung herumlief und störte, wurde er in seinen Korb geschickt. Da er keine Lust hatte dort rumzuliegen, ist er bei der ersten Gelegenheit, die sich ihm bot, wieder ausgebüxt. Daraus entstand eine sich zuspitzende Herausforderung für beide Seiten, bis die eine Seite entschied: Jetzt ab ins „Gefängnis", ein etwa 50 x 50 x 50 cm großer Käfig. Da gab es dann keine Freiheit mehr. Die konnte er dann nur noch durch die breiten Gitterstäbe sehen und von Freiheit träumen.

Ein letztes Beispiel zur Fragestellung „artgerecht oder nicht" habe ich mehrfach vom Küchenfenster aus beobachtet. Der Nachbar hat sich nach dem Tod seines Schäferhundes aus dem Tierheim wieder einen Hund besorgt. Es war ein etwas größerer gleichwohl sehr junger Hund. Wenn er von seiner Straßenrunde kam, hat er im Durchgang zum Hof die Leine entfernt und strebte seiner Wohnung zu. Als ich das zum ersten Mal beobachtete, hat es fast zehn Minuten gedauert, bis er mit seinem Hund im Aufgang zu seiner Wohnung verschwunden war. Der Hund ist wie ein „wildgewordener Affe" hin und her gesprungen, durch die Hecken und um die Mülltonnen im Hinterhof gerast und hat sich dann immer wieder animierend vor sein „Herrchen" gelegt um kurz darauf wieder davonzuspringen. Alle Versuche, den Hund zur Tür zu locken, waren vergeblich. Der wollte spielen, toben und beschäftigt werden. Der wollte nicht in die dunkle 30 Quadratmeterwohnung. Du kannst dir hoffentlich denken, mit welcher Freude ich dieses Schauspiel immer wieder beobachtet habe.

Ich will es kurz machen: Heute, seit damals sind zwei Jahre vergangen, marschiert der Hund, ohne den geringsten Widerstand zu leisten, geduldig mit in die Wohnung.

Du siehst: Irgendwann hatte er seine artgerechte Haltung akzeptiert.

Zu Gast

Wir saßen um den niedrigen Couchtisch herum, meine Frau und ein paar weitere Gäste. Der Hund des Hauses verkroch sich, wenn er energisch angesprochen wurde, widerwillig in seinen gepolsterten Korb, verließ diesen jedoch sofort wieder, wenn die Person mit der energischen Stimme weg war. Dann lief er uns wieder um die Beine herum, wollte hier und da wohl auch mal gestreichelt werden.

Es klingelte. Eine gute Freundin kam, die den „so, so süßen" Hund bei der Begrüßung ´aber so was von abknuddelte´, sehr zur Freude beider. Ja, warum soll man einen Hund, und es war ja auch ein prächtiges Exemplar, nicht auch so doll liebhaben? Immer wieder zu hören und zu sehen, wie süß dieses Kraftpaket ist, habe ich nach ein paar Minuten dann doch als pathologisch eingeordnet, sicherlich zu Unrecht, da ich eine derart übertriebene Hundeliebe nicht verstehen kann. Auf der anderen Seite sei gesagt: Es ist doch schön, wenn wenigstens der Hund geliebt wird. Zurück zum Couchtisch. Hier war inzwischen der leckere Kuchen auf den Tellerchen angekommen. Der Kaffee war auch schon da. Wir fingen an uns zu verwöhnen, als die beiden Frauen noch etwas zu besprechen hatten, was alle Übrigen oder nur einige der anderen Gäste, nicht hören sollten. Sie verschwanden ins Kinderzimmer, und wir ließen es uns schmecken. Der Hund übrigens auch. Er leckte so an dem Kuchenstück der Freundin herum, dass man sehen konnte, wie es ihm schmeckte. Wir alle, die wir um den Couchtisch herumsaßen, haben gesehen, wie die Zunge des „Süßen" immer wieder am Kuchenstück entlang glitt. Ich dachte nicht im Entferntesten daran, etwas dagegen zu unternehmen, meine liebe Frau auch nicht und alle anderen waren vermutlich Hundeliebhaber. Ich frage dich jetzt ernsthaft: Muss es nicht eine große Freude für die Hundefreundin sein, die ihn zudem noch so, so süß findet, wenn sie sich dieses Kuchenstück mit ihrem Liebling teilen darf. Da geht doch nichts, aber auch gar nicht drüber.

Sie hat den Kuchen mit Genuss gegessen. Heute weiß ich, dass es falsch war, ihr nicht zu sagen, dass der Hund bereits dran rumgeleckt hat. Dann hätte sie nämlich bestimmt noch mehr Freude an dem Kuchen gehabt.

Ein ganz besonderer Hund

Apropos „Schluss". Ich stelle dir frei weiterzulesen oder das Büchlein nach der leckeren Geschichte mit dem Kuchenstück wegzulegen. Wenn du weiterliest, mache dir stets bewusst, dass es freiwillig war.

„Dürfen wir den Hund mitbringen", wurden wir von unserem Sohn gefragt. Seine damalige Freundin, das wussten wir, besaß einen solchen. „Ja, warum denn nicht?"

„Ja" zu sagen, bevor man umfassend informiert ist, kann Probleme mit sich bringen. Das weiß man und handelt auch grundsätzlich danach. Wer kommt aber auf die Idee, zu fragen, um was für einen Hund es sich handelt, zumal wir nicht viel damit hätten anfangen können, wenn die Antwort: „Das ist eine Dänische Dogge", geheißen hätte.

Meine Frau und ich haben uns trotz des angesagten Hundes auf den Besuch unseres Sohnes und seiner Freundin gefreut. Kaffee und Kuchen waren vorbereitet, und für den Hund haben wir eine Decke in den Flur gelegt, damit er es auch gemütlich hat.

Dann war es endlich soweit. Wir erwarteten die drei an der Wohnungstür im ersten Stock. Nach kurzer Dauer kamen sie auch schon die Treppe herauf. Zuerst die junge Frau und dann unser Sohn, zu unserem Schrecken, mit einem riesigen Hund in den

Armen. Als er oben ankam stellte er ihn ab. Meine liebe Frau und ich erschraken ein zweites Mal, als wir sahen, wie groß der Hund wirklich ist. Jetzt noch schnell auf die Frage, „dürfen wir den Hund mitbringen?", „nein" zu sagen, war nicht mehr möglich. Mit den Worten: „Kommt doch rein!", statt: ´Herein, wenn´s kein Schneider ist´ ergaben wir uns unserem Schicksal.

Die bereitgelegte Decke im Flur war für diesen Hund zu klein. Also durfte er mit ins Wohnzimmer. Hier legte er sich sofort ab, übrigens genau dort, wo ich morgens meine Liegestütze mache, wenn ich welche mache.

Während des Kaffeetrinkens erfuhren wir auch einiges über den Hund. Er sei noch sehr jung, wird also noch ein Stück wachsen. (Ach du meine Güte!) Weil seine langen Beine noch ein wenig zu schwach sind, muss er zurzeit die Treppe hoch und noch wichtiger, die Treppe runter, getragen werden. Es sei ein ganz gemütlicher Bursche, der niemandem etwas zuleide tue.

Davon war ich nach einem Blick auf die wie tot daliegende Hundemasse sogar überzeugt. Der tut niemandem etwas. Ab und zu hörte man ein merkwürdiges Rülpsen aus seinem tiefsten Innern kommen, tot war er also nicht. Immerhin sah man ja auch, dass er atmete.

Was will der Mensch mit einem solchen Hund? Ich habe diese Frage nur mir gestellt. Du weißt ja, wie schnell grundsätzliche Fragen oft zu Streit führen. Ich erkannte in allen Äußerungen der jungen Frau einen gewissen Stolz, diesen Hund ihr eigen nennen zu können. Da will man schließlich nicht dran rütteln. Es ist mir auch gelungen, den Mund zu halten, als noch offensichtlicher wurde, dass mit dem Hund absolut nichts los war.

Was war geschehen? Es gäbe einen Test, durch den man erkennen könne, wie intelligent ein Hund sei, wurden wir informiert. Ob sie den Test einmal machen sollten. Ja klar! Wieder haben wir zugestimmt, obwohl wir nicht wissen konnten, worin dieser Test besteht.

Der Hund wurde auf die Beine gestellt, und so wie er jetzt dastand, warfen sie ihm die Decke aus dem Flur über den Kopf. Ein Hund sei umso intelligenter, je schneller er sich von dieser Decke befreit, war die Information. Das ist bestimmt ein geeigneter Test, die Intelligenz eines Hundes festzustellen, dachte ich mir und wartete gespannt, was passiert.

Zunächst passierte nichts, auch als wir länger warteten, passierte nichts. Der Hund stand da und machte keinerlei Anstalten, sich zu befreien. Wir warteten zwei Minuten, dann beendeten beide den Test. Ergebnis: Der Hund ist das dümmste Tier, das mir je begegnet ist. So einen besonderen, weil besonders dummen Hund zu haben, muss eine große Freude sein. Jetzt konnte ich die Freundin meines Sohnes sogar verstehen. Der Hund war etwas Besonderes, zweifellos.

Da stand er nun auf seinen vier viel zu dünnen Beinen. Man konnte Mitleid haben mit diesem Geschöpf. Auf die Idee, sich wieder hinzulegen, ist er nicht gekommen. Stattdessen fing er plötzlich an zu würgen und erbrach unangenehm Riechendes auf den guten Teppichboden. Es kann sein, dass der Intelligenztest ihn überfordert hatte. Vielleicht war ihm auch einfach nur schlecht, etwas Falsches gefressen, was weiß ich? Beiden war sehr unangenehm, was passiert war und sie versuchten, das Erbrochene und den auf dem Teppichboden entstandenen Fleck zu beseitigen.

Trotz aller Mühe, ein Erinnerungsfleck in hellem Braun blieb übrig und erinnerte uns bis zur Neugestaltung unseres Wohnzimmers an diesen Hund, an diese Frau und an diesen Tag.

Ob du es jetzt glaubst oder nicht, das Ekligste kommt noch. Unsere Gäste hatten noch etwas anderes Schönes vor und drängten zum Aufbruch. Das spürte der Hund und stand sogar von alleine und ohne Hilfe auf. Er drehte sich zur Wohnzimmertür, blieb nochmal stehen und schüttelte seinen riesigen Kopf mit den vielen tiefen Falten. Rotze, Geifer und Spucke, sowie Reste des Erbrochenen wurden aus den Hautfalten herausgeschleudert und landeten an der Schrankwand, in den Fächern, an der Tapete und auf dem Plattenspieler. So eine eklige Sauerei. Für meinen Aufschrei konnte ich nichts, der kam spontan. Unsere Bemerkung an der Tür: „Vielen

Dank für euren Besuch", haben wir nicht mit „Kommt doch bald mal wieder" ergänzt. Bliebe noch zu ergänzen, dass wir weder den Hund noch die Freundin unseres Sohnes jemals wiedergesehen haben.

Man kann ja auch mal Glück haben im Leben, findest du nicht auch?

Ende

Offener Brief an alle Hunde dieser Welt.

Wenn ihr, meine lieben treuen Freunde des Menschen, dieses Büchlein gelesen habt, seid ihr vielleicht der Meinung, ich hätte etwas gegen euch. Das mag daran liegen, dass die Anzahl der Geschichten, in den ich Probleme mit euch hatte, überwiegt. Vielleicht habe ich mich manchmal aber auch missverständlich ausgedrückt.

Richtig ist einzig und allein, dass ich alle Hunde mag, die mich entweder völlig in Ruhe lassen oder die mir von vornherein signalisieren, dass sie gut erzogen sind. Freundschaft ist nun mal keine Einbahnstraße, wenn ihr versteht, was ich damit meine. Ich will sagen, dass ich niemals auf die Idee käme, irgendeinen von euch anzugreifen, ihn zu beschimpfen oder gar zu beißen. Warum denn auch. Wir respektierten uns gegenseitig und alles wäre gut.

Für die Hunde unter euch, die das Pech hatten, an einen Besitzer zu kommen, der seinen Hunden diesen Respekt vor anderen Lebewesen nicht beigebracht hat, tut es mir leid. Ich bedauere es, weil wir deshalb keine Freunde werden können. Einen Rat kann ich den Betroffenen Hunden nicht geben, da würde ich mich vermutlich der „Aufwiegelung" strafbar machen.

......

Ach was soll´s! Dann mache ich mich halt strafbar:

Aufruf

Alle Hunde, die gegen ihren Willen, von ihren Besitzern angehalten werden, sich gegenüber anderen Kreaturen und vor allem gegenüber ihren eigenen treuen Freunden, den Menschen, respektlos zu verhalten, haben das Recht, Anklage zu erheben.

Die Mindeststrafe bei Verurteilung des Hundebesitzers soll wenigstens 1 Jahr ohne Bewährung betragen. Der Verurteilte muss täglich viermal an einer Leine um den Häuserblock geführt werden und hat sich die übrige Zeit seiner Freiheitsstrafe in einem Käfig von 80x80x80 cm aufzuhalten.

Helmut Goedicke

Zeitfracht Medien GmbH
Ferdinand-Jühlke-Straße 7
99095 Erfurt, Deutschland
produktsicherheit@kolibri360.de